I0686138

CLYTEMNESTRE.

SE TROUVE A PARIS CHEZ LES LIBRAIRES SUIVANS :

PELICIER, Palais-Royal ;
PACCARD, rue Neuve-du-Luxembourg, n°. 1,
J.ACOURRIÈRE, boulevard du Temple, n°. 52.

CLYTEMNESTRE,

TRAGÉDIE EN CINQ ACTES,

PAR

M. LE COMTE DE ***,

OFFICIER DE CAVALERIE, CHEVALIER DE
LA LÉGION-D'HONNEUR.

(Par G Cte Théodore d'Hargeville d'après Souriet)

Quid vota furentem,
Quid delubra juvant?

A PARIS,

DE L'IMPRIMERIE DE LAURENS AÎNÉ.

1816.

ÉPÎTRE DÉDICATOIRE.
A SON ALTESSE ROYALE
MONSEIGNEUR LE DUC DE BERRY.

Monseigneur,

Comment exprimer jamais la gratitude que je ressens pour toutes les bontés dont vous avez déjà daigné me combler? Ce que mon cœur peut à peine décrire, ma plume parviendra-t-elle à le tracer fidèlement? Non, Monseigneur, il est hors de ma portée d'en parcourir l'étendue. Lorsque je songe que Votre Altesse Royale a bien voulu jeter sur moi un regard affectueux, qu'elle m'a, par sa bonté extrême, encouragé jusqu'au point d'oser lui offrir la dédicace d'un si faible ouvrage : ma pensée se perd dans le vague ; j'ai peine à m'imaginer mon bonheur. Il est cependant bien réel ! J'en éprouve chaque jour les heureux effets, et je souffre de ne pouvoir les reconnaître qu'en offrant à Votre Altesse Royale un objet si peu digne d'elle : puissai-je vous prouver, Monseigneur, combien j'aspire à mériter de nouvelles faveurs ! Ce sera pour moi la félicité suprême, que de vous convaincre que rien au monde ne me coûtera pour les acquérir, et qu'un seul mot de Votre Altesse Royale sera ma plus douce récompense !

Daignez me permettre, Monseigneur, de déposer à vos pieds le tribut d'hommages qui vous est si légitimement dû, et recevoir le serment solennel que je fais de mourir s'il le faut pour la conservation de votre auguste Personne. C'est dans ces sentimens, qu'aucunes circonstances ne changeront jamais, que j'ai l'honneur de me dire,

Monseigneur,

Avec un profond respect,

DE Votre Altesse Royale,

Le très-humble, le très-soumis et le très-fidèle serviteur,

LE Comte DE ***

AVANT-PROPOS.

—

La lecture de l'Agamemnon d'OEschile et de celui de Sénèque, m'ont fait naître le dessein de cette tragédie; de plus, le succès de toutes celles où les auteurs ont ménagé des rôles dominans de femmes, et qui fournissent à nos plus célèbres actrices les occasions de nous enchanter par leurs talens, m'ont décidé pour Clytemnestre.

J'ai pensé qu'une femme dont l'erreur excuse la faiblesse, que la politique seule empêche de triompher de son amour, qui a su mettre son trône à l'abri des entreprises de celui que son cœur adore, pour se rendre toujours maîtresse des événemens, qui sacrifie son erreur dès qu'elle peut le faire sans danger, qui n'est criminelle enfin que par les circonstances, j'ai pensé, dis-je, qu'un pareil caractère était propre au théâtre. Je n'ai considéré comme action de mon poëme que les divers mouvemens du cœur de Clytemnestre.

Elle est continuellement entre les horreurs du repentir et la violence d'un amour dont elle s'est laissée innocemment surprendre autrefois; comme la matière exigeait de grandes précautions, et qu'il fallait éloigner du spectateur le ridicule attaché aux affronts de l'hyménée, je ne me suis point du tout mis en peine de faire briller l'intrigue. Je n'ai fait qu'indiquer les ressorts qui mènent à la catastrophe, c'est-à-dire, à la mort d'Egiste et de Clytemnestre. J'ai même étendu par rapport à cela, dans le quatrième acte, les prédictions de Cassandre, qui ne font que retracer plus vivement le passé, et exprimer avec plus de force ce qui se passe et ce qui doit arriver. Sur le modèle des anciens, j'ai donné l'essor au génie prophétique de la prêtresse d'Apollon, dans le moment même où la Parque cruelle va trancher ses jours. Tel est mon plan, tel est mon ouvrage, ainsi je l'offre au public; mon jeune âge doit être mon excuse, et j'ose demander de l'indulgence pour le premier essai d'un auteur qui ne marche encore qu'en tremblant dans la carrière épineuse des lettres.

NOTE ADDITIONNELLE.

Dix ans se sont écoulés depuis le premier plan de cet Ouvrage, et les nombreuses corrections que je viens d'y faire nouvellement ne l'ont pas rendu meilleur. Ce sujet a été tellement mis sur la scène, et particulièrement avec tant d'art, par M. Lemercier, qu'il y a témérité à moi de le faire paraître; c'est établir un parallèle qui ne peut être à mon avantage, et jeter sur cet essai une défaveur complète. J'oserai dire cependant que ma pièce a été lue et écoutée avec bienveillance à la Comédie Française, M. Lafond même a bien voulu en prendre connaissance, et ce savant artiste m'en a dit les choses les plus obligeantes. Loin de me targuer de ces divers événemens, je n'en fais ici mention que pour remercier MM. les Comédiens Français de leur aménité à mon égard. Je me console donc fort aisément de n'avoir pas joui des honneurs de la représentation, puisque je viens d'obtenir une faveur qui m'est mille fois plus précieuse. Honoré des suffrages d'un PRINCE qui m'a bien voulu permettre de lui dédier ce premier œuvre, que puis-je désirer de plus? C'était la gloire à laquelle j'ambitionnais, et qui m'a fait connaître un bonheur que j'eusse cherché vainement et que je n'aurais jamais obtenu, même dans les applaudissemens du public.

PERSONNAGES.

AGAMEMNON, roi d'une partie du Pélopouèso.

CLYTEMNESTRE.

ELECTRE.

EGISTE, fils de Thiesto.

CASSANDRE, fille de Priam roi de Troye.

ARCAS, grand-prêtre.

EURINOME, confidente de la reine.

EURIBATE, officier des armées d'Agamemnon.

Une Troyenne.

Gardes.

Peuple de l'un et l'autre sexe.

La scène est dans le temple d'Argos.

CLYTEMNESTRE,
TRAGÉDIE.

ACTE PREMIER.

Le théâtre représente la partie extérieure du Temple qui est rempli d'une foule du peuple d'Argos, au milieu de laquelle on distingue Electre. Tous, pendant le sacrifice, sont dans l'attente des présages. Le grand-prêtre, environné de prêtres du second ordre, sort du sanctuaire, et s'adresse au peuple.

SCÈNE PREMIÈRE.

ELECTRE, ARCAS, prêtres, peuple.

ARCAS.

Le sacrifice est fait, le ciel plus secourable
Au sang d'Atrée, enfin, s'est montré favorable,
Peuple, mettez en lui votre espoir éternel,
Et vous, ministres saints, retournez à l'autel.

(Electre fait signe à la suite de se retirer, le peuple se disperse ; le grand-prêtre et la princesse s'avancent sur le devant de la scène.)

1

SCÈNE II.

ELECTRE, ARCAS.

ARCAS.

Que de temps écoulé depuis que de l'Eubée
Nous avons vu partir les vaillans fils d'Atrée ?
La fière Némésis avait mise en leurs mains
Son sceptre, ses drapeaux, et le sort des humains :
Elle avait déployé sa fureur vengeresse ;
Elle avait sous leur nom armé toute la Grèce.
Vingt rois, mille vaisseaux, secondant leur effort,
Portaient dans Ilion la terreur et la mort :
Toute l'Asie en vain s'obstinait à défendre
Ses murs qui ne sont plus que fumée ou que cendre.
Ses braves citoyens, ses princes orgueilleux,
Ses superbes remparts qu'élevèrent les Dieux,
Moissonnés par le fer, victimes du ravage
Sous les vastes débris ont caché le rivage.
Nos soldats enrichis, nos héros triomphans,
Ouvrent le sein des mers, voguent au gré des vents,
Et bientôt notre père, environné de gloire,
Doit rentrer dans ses ports conduit par la Victoire

ELECTRE.

Dans le désordre affreux qui régne en cette cour,
Dois-je le souhaiter ce terrible retour ?
Plût aux Dieux qu'arrêté sous les murs de Pergame,
Le brave Agamemnon, par le fer, par la flamme,
Par sa juste valeur, et secondé des siens,
Fit encore trembler l'empire des Troyens !
Mais sauvé des dangers d'une terre étrangère,
Il n'est donc respecté par le dieu de la guerre
Que pour renouveler, dans un palais d'horreur,
Des enfans de Pélops l'éternelle fureur.

De quel œil verra-t-il sa famille éplorée
Sous le glaive sanglant de l'assassin d'Atrée ?
De quel œil vera-t-il, et son trône et son lit,
Sous les lois d'un hymen dont la vertu gémit ?
Ou plutôt quel péril ne courra pas sa vie
De la part d'un tyran et d'une épouse impie,
Qui, dans le crime seul trouvant leur sûreté,
N'ont que ce seul garant de leur impunité ?
Je l'avouerai, seigneur, dans ma frayeur mortelle,
Je crains tout d'une mère, et je crains tout pour elle.
Comment ce trouble, hélas ! sera-t-il appaisé ?
De quel sang ce palais sera-t-il arrosé ?
O mort, qui sur nos pas ouvre ton noir abîme,
Suspends ton bras, cruelle, où prends-moi pour victime !

ARCAS.

Non, madame, les Dieux pour le perdre aujourd'hui
Se sont trop hautement déclarés son appui ;
Immoleraient-ils donc au sein de ses murailles
L'homme sauvé par eux au milieu des batailles ;
Les saints nœuds de l'hymen profanés sans pudeur,
Atrée encor sanglant qui demande un vengeur,
La bonne foi, l'honneur immolés au parjure,
L'indigne outrage fait au sang, à la nature,
Contre l'infame Egiste élèveront leurs voix,
Et feront révolter tout le peuple à la fois.

ELECTRE.

Hélas ! que la justice, aux criminels fatale,
Tarde à jeter son nom hors de l'urne infernale !
Quelle est lente à punir ses projets violens !
S'il échappait, seigneur, à ses soins vigilans ?

ARCAS.

Sur les décrets du ciel soyez en assurance,
Si son courroux suspend l'ordre de la vengeance,
C'est qu'il en veut au crime autant qu'à son auteur ;

1*

C'est que du même coup qui perdra le coupable,
Il veut intimider, par un revers semblable,
Quiconque sans respect pour les rois et les Dieux,
Ose braver leur rang et s'élever contr'eux.

ÉLECTRE.

Le ciel pour vous, seigneur, fera-t-il des miracles?
Non, votre zèle seul vous dicte ces oracles.

ARCAS.

Tout nous annonce un temps plus calme et plus serein,
Nos prières, vos pleurs ont fléchi le destin.
Déjà de toutes parts son courroux se déploie,
L'inflexible Pluton revendique sa proie.
Une terreur secrète, un trouble dangereux
En est l'avant-coureur et le ministre affreux.
Des crimes les plus noirs l'assemblage funeste,
Le meurtre et le poison, le divorce et l'inceste,
Ont fait de ce palais un théâtre d'horreur;
Déjà la foudre gronde au cœur du ravisseur:
Nos cris ont pénétré jusqu'aux royaumes sombres,
Ils ont à nos malheurs intéressé les ombres.
Egiste, que le crime agite jour et nuit,
Que sa fureur tourmente, et que l'horreur poursuit;
A qui tout est suspect dans ce qui l'environne,
Qui sous ses tristes pas sent chanceler le trône,
Inquiet, incertain, et n'osant rien prévoir,
Déguise vainement son affreux désespoir
Sous le masque apparent des soins du diadème.
L'insurmontable effroi qu'il nourrit en lui-même
Est un effet caché du céleste courroux,
Qui prépare sa chute en suspendant ses coups.
Dans le trouble mortel du sort qui la menace,
Clytemnestre gémit et son ardeur se glace;

Elle a recours aux Dieux, et ses vœux solemnels
D'offrandes et d'encens ont chargé leurs autels.
C'est par ses soins secrets qu'Oreste, votre frère,
Pour faire agir la Grèce en faveur d'une mère,
Va parcourir les mers de l'un à l'autre bord,
Et qu'à l'insçu d'Egiste il est sorti du port.
Argos que le tyran traite comme sa proie,
S'apprête à se venger du bras qui la foudroie.
Chacun impatient, sous son joug détesté,
Affecte les dehors de la tranquillité.
C'est un calme apparent qui couvre un grand orage;
Le temps éclaircira ce funeste nuage,
Et l'impie accablé sous ses affreux débris,
De sa témérité reconnaîtra le prix.

ELECTRE.

J'écoute avidement un discours qui me flatte,
Mais de quelque façon que la vengeance éclate,
Je ne puis un instant y penser sans frémir,.....
Ce que j'ai de plus cher est tout prêt à périr !
Mon père à qui la Grèce a confié l'empire,
Qui détruisit l'Asie et que l'Europe admire,
Qui du sort des états décide en souverain,
Lorsque tout l'univers célèbre son destin;
Ne trouvera chez lui que traîtres, que rebelles,
Qu'une épouse sans foi, que sujets infidèles.
La mort sera le prix des funestes lauriers,
Qu'accorda la Victoire à ses travaux guerriers !
La licence, l'horreur règnent dans cette enceinte,
La timide vertu gémit sous la contrainte,
Et le peuple oubliant le vrai sang de ses rois,
S'accoutume au tyran et respecte ses lois.
Clytemnestre toujours tremblante dans le crime,
De son incertitude est la triste victime,

Elle croit éviter des remords éternels
En se précipitant aux pieds des immortels ;
On la voit maintenant , faible et dans les alarmes ,
Assiéger les autels qu'elle inonde de larmes ;
Mais du culte des Dieux prompts à se dégager,
Les humains n'ont souvent qu'un regret passager,
La terreur fait ramper sous les Dieux qu'on adore ;
Le danger passe-t-il? c'est un joug qu'on abhorre,
En vain , seigneur , en vain je veux fermer les yeux
Sur l'importunité d'un présage odieux ;
Qui sait le vrai motif qui fit partir Oreste?
En suis-je moins ici par un exil funeste ?
Son Egiste l'obsède, et du sceptre jaloux,
Que n'entreprendra point son injuste courroux ?
Qui sait jusqu'à quel point l'ambitieux Egiste
Portera sa fureur s'il voit qu'on lui resiste !
N'importe ; elle parait , je veux fléchir son cœur.

ARCAS.

Laissons-la librement exaler sa douleur,
Sortons ; vous vous nuiriez par un excès de zele ,
Daignez attendre encor que sa voix vous rappelle.

SCÈNE III.

CLYTEMNESTRE, EURINOME,

CLYTEMNESTRE.

A quoi me force, hélas ! ta pressante amitié
Moins coupable que faible et digne de pitié,
Quand tu me connaîtras tu me rendras justice.

EURINOME.

Avez-vous pu penser qu'avec vous je feignisse ?

Je vous ai toujours plaint , ah ! daignez sans frayeur
A moi vous confier et m'ouvrir votre cœur.

CLYTEMNESTRE.

Par de cruels secrets je vais te satisfaire :
Apprends que dès long-temps Egiste a su me plaire,
Même avant que le sort au grand Agamemnon
Par un double hyménée unit notre maison.
Sans relâche livrée à mon destin barbare,
Contrainte d'obéir aux ordres de Tindare,
Eprise d'un amant par des ruses trompé ,
Je portais aux autels un cœur préoccupé.
Bientôt à mon devoir je fis céder ma flamme ;
Je ne vis plus Egiste, il sortit de mon ame,
Ou du moins je le crus, et la faveur des Dieux
Honora mon hymen de gages précieux.
Quand du traître Pâris la terrible insolence
Suscita tout-à-coup la voix de la vengeance,
Qui rassemblant des Grecs les princes courageux,
Pour chef en mon époux réunit tous les vœux ;
Il fallut acheter les vents qui dans l'Aulide
Retenaient trop long-temps cette armée intrépide :
Ma fille du départ fut l'exécrable sceau....
Son père même osa devenir son bourreau....
Je me crus tout permis pour venger cet outrage ;
D'une mère irritée Argos servit la rage,
Les peuples révoltés suivaient mes étendards....
Une furie, oh ciel ! aiguisant ses poignards ,
De la part d'un époux allait m'ôter la vie....
Lorsqu'Egiste à propos et d'une main hardie,
Dans ce sang odieux se baignant à loisir,
Réveilla de mes feux l'horrible souvenir.
Quel moment pour l'amour !

EURINOME.

Je connais tout le reste.

Du trépas d'un époux, la nouvelle funeste
Semblait vous inviter aux douceurs de l'hymen.

CLYTEMNESTRE.

J'osai le célébrer, hélas ! sans examen.
Quels revers, quels remords, quelle atteinte mortelle,
Quand j'appris que d'Erix le récit infidèle
N'était que pour venger, sur un juge acharné,
La mémoire et le sang d'un frère assassiné !
De mon terible époux la criante injustice
Fit livrer Palaméde au plus cruel supplice ;
Et son frere avait cru que par un faux rapport,
Ici plus sûrement il vengerait sa mort.
O source de malheurs qui troubla ma famille !
Mais c'en est fait, va, sors, j'attends ici ma fille.

SCÈNE IV.

CLYTEMNESTRE seule.

Respectable séjour, temple majestueux,
Où s'éclipse des rois le pouvoir fastueux,
Auguste monument d'effroi, de confiance,
Que la foudre environne, où règne l'Espérance,
Où la Divinité, du haut de ses autels,
Reçoit les humbles vœux des timides mortels !
Du céleste courroux, la pensée effrayante,
Ne m'offre à votre aspect qu'une main foudroyant.
Chaque pas que j'y fais imprime dans mon cœur
Les redoutables traits d'une sainte terreur.
Je frémis, je frissonne, et mon ame éperdue,
Sent croitre à chaque instant son trouble à votre vue.
C'est dans vos murs sacrés, vrais liéaux des forfaits,
Que je demande en vain le repos et la paix.

Sous le dais imposant où le destin nous place,
Le remords nous poursuit et son horreur nous glace;
Par la séduction on se laisse enivrer;
Mais lorsque le bandeau vient à se déchirer....
O trop faibles humains, nous tremblons dans le crime,
Même en bravant les Dieux leur respect nous imprime
Une terreur qu'en vain nous voulons déguiser.
Achéve, effraie un cœur qui cherche à s'excuser :
Etouffez, justes Dieux! des flammes téméraires.
Ce cœur est dévoré de feux involontaires,
La tendresse, l'horreur, l'amour et les remords
Y font naître à la fois d'invincibles transports.
Mon ardeur étouffée et toujours renaissante,
A la rebellion n'en est que plus constante,
L'indomptable fureur d'un amour criminel
Dans ce sein déchiré porte le coup mortel;
La voix de la pudeur crie au fond de mon ame,
Et semble triompher d'une honteuse flamme;
Mais esclave des sens, prompts à se révolter,
Elle ose les combattre et craint de les dompter.

SCÈNE V.

CLYTEMNESTRE, ELECTRE, ARCAS.

CLYTEMNESTRE.

A votre zèle, Arcas, je rends enfin justice,
Mes yeux sont dessillés, et le ciel plus propice
Permet qu'en vos conseils je retrouve aujourd'hui
Contre un feu séduisant un secourable appui.

ARCAS.

Qui revient vers les Dieux, désarme leur colère.

CLYTEMNESTRE.

Un rayon d'espérance, un nouveau jour m'éclaire,

Ma fille, dans mes bras viens essuyer tes pleurs,
Ne m'abandonne pas, fais trêve à tes douleurs.

ÉLECTRE.

A de justes chagrins votre fille succombe,
Madame, à vos genoux permettez que je tombe,
Mes vœux, quoique muets, s'en expliqueront mieux.

CLYTEMNESTRE.

Oh ! ma fille, je crains de rencontrer tes yeux.....
Je connais tes désirs....., épargne ma faiblesse,
Et laisse au temps le soin de m'en rendre maîtresse.
L'épouvante d'ailleurs, en cette triste cour,
D'un époux furieux précède le retour.
Quel cœur lui présenter ? Du sien que puis-je attendre ?
Ah ! pour ma sûreté je dois tout entreprendre.
Innocente autrefois, et digne de pitié,
S'il me fit un forfait de ma vaine amitié,
Si pour avoir voulu sauver Iphigénie
Il ordonna ma mort...., Puis-je espérer la vie ?
D'un hymen malheureux qui cause mes remords,
Je pourrais m'excuser sur de traîtres rapports ;
Mais du perfide Erix le récit infidèle
Ne peut justifier mon ardeur criminelle.
A mon premier époux, conservant mon serment,
J'ai dû fuir tous les nœuds d'un autre engagement,
Et même après sa mort, consacrer à sa cendre,
L'amour où mes enfans ont seuls droit de prétendre.

SCÈNE VI.

CLYTEMNESTRE, ÉLECTRE, ARCAS, EURINOME, EURIBATE.

EURINOME.

Euribate sauvé de la fureur des flots,
Vient d'être jeté seul sur les rives d'Argos ;

Le reste de la flotte, emporté par l'orage.....

CLYTEMNESTRE.

Ciel ! as-tu préservé mon époux du naufrage ?

EURIBATE.

Madame, offrez l'encens que vous devez aux Dieux ;
Le grand Agamemnon revient victorieux.
L'inflexible Erinnis, qui préside aux vengeances,
Par des torrens de sang a vengé nos offenses,
Et n'a semblé dix ans suspendre son courroux
Qu'afin que plus d'éclat illustrât votre époux.
L'audacieuse Asie, après dix ans de guerre,
Retentit maintenant du bruit de son tonnerre.
Le Troyen abattu par la main du vainqueur,
Même au sein de la mort admirait sa valeur.
La ville de Priam fut livrée au pillage ;
La Parque par son ordre y porta le ravage,
Et Bellone sanglante a rempli nos vaisseaux
Du plus riche butin qu'on ai vu sur les eaux.
Elle a forgé le frein qui dompta son audace.
Du faste d'Ilion la flamme a pris la place,
Ses palais somptueux, ses superbes lambris
Ne sont plus aujourd'hui qu'un objet de mépris.
Le chef, le roi des rois veut parmi l'allégresse
Faire de sa conquête un hommage à la Grèce,
Il venait plein de gloire après ses longs travaux
Goûter entre vos bras les douceurs du repos :
La Victoire déjà, sur ses ailes légères,
Le portait en triomphe au trône de ses pères....

CLYTEMNESTRE.

Quel malheur imprévu vient nous surprendre tous ?
Quels climats si long-temps retiennent mon époux ?
Est-ce donc la tempête ou des peuples sauvages,
Qui, malgré nos désirs, en privent nos rivages ?

Non, l'espoir qui nous luit n'admet rien que d'heureux!

EURIBATE.

Reine, vous exigez un récit trop affreux.
A peine d'Ilion la splendeur avilie
Par nos mains sous la cendre était ensevelie,
Son butin partagé, ses captifs en nos fers,
Que nos guerriers lassés, volent au sein des mers ;
Ils saisissent la rame, ils jettent leurs épées,
De l'ardeur du départ leurs ames occupées
Négligent leurs lauriers, n'aspirent qu'au signal.
Dès qu'on le voit briller sur le vaisseau royal,
La fortune, le vent, les voiles et les rames
Ramènent le plaisir et l'espoir en nos ames.
Mille bras à la fois font bouillonner les eaux,
Et Neptune est caché sous nos mille vaisseaux.
On regarde de loin le rivage où fut Troye,
On en voit la fumée, on en parle avec joie :
On s'éloigne, et bientôt la terre disparaît,
On ne voit que des mers. Déjà Titan dorait
De ses derniers rayons le séjour d'Amphytrite,
A nos yeux tout-à-coup le jour se précipite,
La nuit, le vent, la foudre, et la mer et les cieux,
Déchaînent contre nous leurs efforts furieux,
On eût dit que le monde allait fondre en ruine.
Le flux résiste au vent et le vent se mutine ;
Le ciel se fond en pluie, il tonne, et les éclairs
Sont moins vifs que le feu qui sort du sein des mers.
Dans ce gouffre enflammé que l'horreur environne,
A l'aveugle destin la flotte s'abandonne.
Neptune en son courroux pousse jusques aux cieux
L'impétuosité de ses flots orgueilleux,
Et nous plonge à l'instant dans ces vagues profondes.
Nos cris sont confondus avec le bruit des ondes ;

Et Calchas et Cassandre, et vainqueurs et vaincus,
Dans ce commun danger font des vœux superflus.
L'art à nos matelots n'est plus d'aucun usage,
Pilotes et soldats emportés par l'orage,
Vont teindre de leur sang les rochers et les eaux.
D'horribles tournoyans dévorent nos vaisseaux,
Et la flotte, en un mot, submergée ou brisée,
N'est plus qu'un vain débris de sa grandeur passée.

CLYTEMNESTRE.

Parlez, instruisez-moi du sort de votre roi,
Quelle invisible main l'arrête loin de moi?

EURIBATE.

J'ignore son destin, la fureur de l'orage
M'a parmi des débris jeté sur le rivage,
Avant que le soleil, sortant du sein des eaux,
M'ait permis d'entrevoir nos malheureux vaisseaux.
Là, traînant sur le sable une mourante vie,
J'envisageais la mort avec des yeux d'envie.
Plût aux Dieux que ce fût la fin de nos malheurs!
Que la fureur des flots respectât les vainqueurs!
Puissent les Dieux fléchis prévenir leur naufrage,
Et détourner les maux que Cassandre présage!

CLYTEMNESTRE.

De quelle incertitude, ô ciel, m'accablez vous?
Est-ce un funeste effet de haine et de courroux?
Et ne me cachez-vous le sort qui m'inquiète
Que pour mieux m'accabler d'une terreur secrète?

ELECTRE.

Vous êtes aujourd'hui notre unique recours,
Ce n'est que de ce cœur que j'attends du secours.
Sur ce fatal rivage où le destin l'exile,
Agamemnon, madame a besoin d'un asile,

Echappé de la mer , périra-t-il au port ?
O mon père ! ô mon frère ! ah ! quel est votre sort ?
Oreste Argamemnon , votre danger me tue ?
Daignez rendre le calme à mon ame éperdue ,
Madame , hélas ! venez vous déclarer pour eux ,
Voici le temps de faire un effort généreux.
C'est un époux , un fils , dont le péril réclame
Un reste de tendresse étouffé en votre ame.
Au cri de la nature , à l'hyménée en pleurs
Daignez prêter l'oreille et finir nos douleurs.
Pour se régler sur nous l'état qui vous contemple ,
Attendant le signal , se fait à notre exemple,
Mais dites un seul mot , bientôt de toutes parts
Vous verrez de nos Grecs flotter les étendards

CLYTEMNESTRE.

Ah ! respecte , ma fille , une mère tremblante ,
Qui voit devant ses pas la foudre étincelante !
Hélas ! depuis le jour où trahissant ma foi,
J'osai briser le joug et détrôner mon roi ,
Jamais un sommeil pur n'a fermé ma paupière,
Le soleil à regret m'a prêté sa lumière....
Je frémis de revoir un époux offensé
Qui punira mon crime en vainqueur courroucé.
O ciel, en ce danger que ta bonté m'éclaire!
Et ne m'accable pas du poids de ta colère.

SCÈNE VII.
ELECTRE, EURIBATE.

EURIBATE.

De Clytemnestre , hélas ! que doit-on espérer ?
De son cœur incertain je ne sais qu'augurer ?
O ! vous, de ses desseins confidente fidèle ,
Daignerez-vous au moins favoriser mon zèle ?

ELECTRE.

Hélas! que puis-je donc ? Les Dieux m'ont tout ravi;
Sous les lois du tyran mon sang est asservi,
Mon père est le jouet des ondes incertaines,
Oreste est éloigné.... s'il n'est chargé de chaînes....
Peut-être qu'à l'instant ils périssent tous deux.

EURIBATE.

S'ils rentraient dans Argos que feriez-vous pour eux ?

ELECTRE.

Pour rétablir leurs droits vous me verriez moi-même
Arracher au tyran l'orgueilleux diadême,
Des armes des soldats affronter la fureur
Et des combats sanglans irriter la chaleur.
Si je ne préservais une tête aussi chère,
Je périrais du moins en défendant mon père.
Mais enfin quel espoir pourrait m'être permis?
Craint-il de s'exposer parmi ses ennemis?
Parlez, ne tenez pas mon ame suspendue.

EURIBATE.

Il est vers les rochers une secrète issue,
Dirigez-y vos pas, et vous y trouverez,
Avec peu de vaisseaux, tous les dépôts sacrés
Qu'à ces tristes déserts la fortune confie.

ELECTRE.

Enfin votre courroux, grands Dieux, se pacifie !

EURIBATE.

Dérobez votre marche, et Calchas à vos yeux
Dévoilera, madame, un secret précieux.
Mais, sans tarder, allez avec lui vous instruire
D'un mystère important.

ELECTRE.

Mon cœur va m'y conduire.

FIN DU PREMIER ACTE.

ACTE II.

SCÈNE PREMÈIRE.

ELECTRE, EGISTE.

ELECTRE.

Esclave de la crainte et des lâches soupçons,
Qui te plais dans le crime et dans les trahisons,
Poursuis, tyran, poursuis pour assurer ta vie,
Ose faire couler le sang d'une ennemie,
Eteins en le versant la haine de mon cœur,
Et sacrifie Electre au Dieu de la terreur;
Ou bien de tes cachots fais ouvrir les barrières,
Si tu ne veux bientôt voir mes mains meurtrières
Effacer par ton sang tout l'opprobre du mien.

EGISTE.

D'une vaine menace Egiste ne craint rien.
Possesseur d'une main que l'amour me rend chère,
Et maître des états usurpés sur mon père,
Je rends graces au ciel dont l'équitable choix
Venge aujourd'hui le tort qu'il me fit autrefois.
Agamemnon est mort, laissons en paix sa cendre,
Que son ombre aux enfers puisse en repos descendre,
Et qu'exempte des maux qu'il me fit essuyer,
Elle expie un forfait que je veux oublier.
Digne héritier du nom et des fureurs d'Atrée,
Nourrissant dans le cœur sa haine invétérée,

Des droits de la victoire, abusant en ces lieux,
Je le vis massacrer Thieste sous mes yeux :
J'y volai, mais hélas ! en trompant mon courage,
Le sort semblait vouloir me livrer à sa rage ;
Je ne sais quel bonheur me préserva des fers.
Persécuté, proscrit, errant dans l'Univers ;
A la cour de Tindare, on m'offrit un asile.
Léda plaignit mon sort, et son secours utile
M'aidait à dévorer en secret mon ennui.
Clytemnestre voulut s'y montrer mon appui,
Et d'un cœur tout à moi me prouvant la tendresse,
A me gagner les Grecs elle mit son adresse.
Mais les deux fils d'Atrée attentifs et jaloux,
Des filles de Tindare m'offrirent d'être époux.
Bientôt la politique emporta les suffrages.
Pour moi, toujours en butte à de nouveaux orages,
J'allai traîner ailleurs mes déplorables jours.
Enfin, de mes malheurs j'ai vu finir le cours.
Tout me rit aujourd'hui, cédez à ma fortune,
Que la faveur des Dieux nous soit ici commune.
D'une mère avec moi détestez le tyran ;
De la Reine, à ce prix, j'adopterai le sang.

ELECTRE.

Quelle horreur! juste ciel! (*Apart*).Les jours sacrés d'un père
Me sont trop précieux ! (*Haut*). Est-ce qu'Egiste espère
Qu'Electre, à son devoir, moins sensible que lui,
Trahira la nature et son cœur aujourd'hui?
De ton père hautement tu poursuis la vengeance :
Mes vœux sont pour le mien, mais c'est dans le silence.
Connais-moi donc Egiste, et ne me force pas
De les faire éclater en retenant Calchas.

2

EGISTE.

Calchas qui chez les Grecs passe pour un oracle,
En ces lieux désormais pourrait me faire obstacle.
Au rang du fils d'Atrée, assis depuis long-temps,
L'hymen m'a confié ses états triomphans,
Et j'ai dû mettre aux fers ce Calchas, ces rebelles,
Qui fomentaient déjà des trames criminelles....
Mais je puis enchaîner un prêtre audacieux,
Sans en avoir à rendre aucun compte qu'aux Dieux.

ELECTRE.

Quand sur un front superbe on porte un diadème,
La volonté fait loi, c'est-là l'ordre suprême ;
Je le sais dès long-temps, et j'éprouve aujourd'hui
Que l'orgueilleuse main dont le sceptre est l'appui,
En se laissant fléchir se croirait avilie :
Au faîte des grandeurs aisément on s'oublie.

EGISTE.

Je ne veux dans Argos qu'assurer le repos,
Et de tout factieux étouffer les complots.
Le ciel a prononcé. C'est à moi de proscrire
Quiconque ose élever des troubles dans l'empire.

ELECTRE.

Que dis-tu, factieux ? Ose-tu d'un tel nom
Traiter les défenseurs du grand Agamemnon,
Ces guerriers généreux, qui, pour son fils Oreste,
D'un sang versé vingt fois prodigueraient le reste ?
Déesse de vengeance, accourez à ma voix !

EGISTE.

Elle fut équitable, elle a vengé mes droits.

ELECTRE.

Cruel ! ajoute encor l'insulte à l'infortune !

EGISTE.

Madame, supprimez une plainte importune,

Où je pourrais, lassé par de vaines clameurs,
Peut-être vous donner d'autres sujets de pleurs.

ELECTRE.

Je brave maintenant d'impuissantes alarmes,
L'excès de la douleur a fait sécher mes larmes :
Pourvu que loin de toi j'aille porter mes pas,
Tout me semblera doux : exil, prison, trépas.
La vie est un malheur dont la mort est le terme.

(*Lui montrant le tombeau d'Atrée.*)

Regarde le héros que cette tombe enferme,
Tyran, contre ton crime il soulève en ces lieux
Le remords, la justice, et l'enfer et les cieux.

SCENE II.

EGISTE, *seul.*

Endurer tes fureurs, trop altière princesse,
Ce serait t'enhardir à m'outrager sans cesse !
Bannissons pour jamais des sentimens trop doux. ...
Pour prévenir du sort l'inconstance et les coups,
Que l'amour sur mon front place le diadême;
Envahissons enfin la puissance suprême.
Trop long-temps de la Reine, époux sans dignité,
J'ai fléchi sous le poids de son autorité :
Profitons du moment. Au joug accoutumée,
De la mort de son Roi cette ville alarmée,
M'offre l'occasion de combler mon espoir,
Osons faire d'un fils éclater le devoir.

(*Il croit voir l'ombre de Thieste.*)

Cesse de me poursuivre, ombre terrible et chère !
Neptune a fait pour toi ce qu'un fils n'a pu faire.
Vil et triste jouet de la fureur des eaux,
Privé sans nul retour du fruit de ses travaux,

2*

Ton ennemi n'est plus ; mais pour être secrète,
Ta vengeance, ô Thieste ! est-elle moins complète?
Voulais-tu que mon bras, dans ce sang que tu hais,
De ton assassin même eût lavé les forfaits ?
S'il fallait le verser pour appaiser tes manes,
Tu le verrais couler, puisque tu m'y condamnes,
Je fais vœux d'immoler Oreste et ses deux sœurs,
De faire à Ménélas éprouver mes fureurs,
Et, malgré le laurier qui garantit sa tête,
De le percer lui-même au sein de sa conquête.
J'en viens faire serment aux pieds de ces autels,
Qui demandent encor justice aux Immortels.
Je viens à leur aspect enhardir mon courage.
Temple auguste qu'Atrée a souillé de carnage,
Dont les parvis sanglans retracent à mon cœur
De ce prince inhumain les meurtres et l'horreur !
C'est ton enceinte, oh ciel ! que sa rage a choisie
Pour d'un voile plus fort masquer sa perfidie,
C'est ici qu'avec joie, au cœur de ses neveux
Plongeant un fer impie, il repaissait ses yeux
De cet affreux spectacle, essai de sa vengeance,
C'est dans tes murs sacrés, séjour de l'innocence,
Qu'il osa consommer les plus cruels forfaits :
C'est ici, qu'abusant du nom sacré de paix,
A son crédule frère, attiré dans ses pièges,
Lui-même il apprêta de ses mains sacriléges
Les membres tout sanglans de ses fils malheureux....
O mes frères !... ô jour !... ô souvenirs affreux!
Ivres du sang humain, divinités terribles,
Fuyez, épargnez-moi des images horribles !.....
Exécrable festin !.... Un père en a goûté.....
Et d'horreur en horreur par le crime emporté,

Pour accomplir l'oracle et se venger d'un frère,
Il confondit les noms et d'aïeul et de père.
Telle fut ma naissance. Obligé par état
A surpasser encor cet énorme attentat,
Des deux frères en moi réunissons les crimes.
De ses neveux, Atrée en a fait ses victimes ;
Que sa bru, par mes mains, à ses manes sanglans,
Satisfasse elle-même en perçant ses enfans,
La voici.... déguisons le motif qui m'enflamme.

SCÈNE III.

CLYTEMNESTRE, EGISTE, EURINOME, GARDES.

CLYTEMNESTRE.

Je viens vous faire part des projets de mon ame ;
Je crois pouvoir, seigneur, compter sur votre foi..

EGISTE.

Mon cœur en est garant, madame ;

CLYTEMNESTRE, *à sa suite.*

Laissez-moi.

D'un règne commencé sous de nouveaux auspices,
Je veux que la vertu signale les prémices.
De ce peuple déjà mon cœur préoccupé,
De nul autre intérêt ne sera plus frappé.
Le ciel ne m'a placée au rang des souveraines
Qu'afin que de plus près j'en connusse les peines,
Qu'afin de rendre heureux et prévoir les besoins
De ceux que la fortune a commis à mes soins.
Non pour me faire voir sur un superbe trône,
Avec pompe étaler l'orgueil d'une couronne,
Y jouir mollement d'une fausse splendeur,
Ou pour entretenir l'ivresse de mon cœur,

Tandis que la fureur, opprimant l'innocence,
Souffle dans les esprits le trouble et la licence.
J'ai vu sur moi des Dieux le bras s'appesantir,
J'ai vécu dans l'opprobre, il est temps d'en sortir;
Et puisqu'au sceptre enfin mon droit est légitime,
La Grèce attend de moi que je règne sans crime.
Dans un temps où la paix, désarmant les vainqueurs,
A du dieu de la guerre enchaîné les fureurs,
Je ne veux plus Egiste, être l'horreur du monde;
J'entends de toutes parts le tonnerre qui gronde;
La colère des Dieux, les remords et l'effroi
Me punissent assez d'avoir trahi ma foi.
Déjà dans tous les cœurs la haine nous devance,
Notre hymen est un crime, elle en est la vengeance.

EGISTE.

Osons nous rendre heureux par notre fermeté.

CLYTEMNESTRE.

Mais vit-on dans le crime avec tranquillité?
Sur le destin des Rois, lorsque le ciel prononce,
Jamais par un vain bruit la foudre ne s'annonce;
C'est en hâter l'effet que de se révolter.
Les arrêts du Destin doivent s'exécuter.
Sacrifices, ni pleurs ne peuvent satisfaire
Des trois filles du Styx l'implacable colère:
Cédons, puisqu'il le faut, au sort qui nous poursuit.

EGISTE.

Dans quel gouffre de maux l'amour m'a-t-il conduit!
Je demeure sans voix, et mon ame égarée,
A de pareils revers n'était pas préparée.
Est-ce vous qui parlez?... vous dont les tendres feux...

CLYTEMNESTRE.

Epargnez-moi, cruel, ce souvenir affreux;

Cet amour fit ma honte , il devient mon supplice.
Sous le joug des remords il est temps qu'elle fléchisse.
Le trône le plus haut n'est qu'un faible rempart
Pour quiconque du crime a levé l'étendart ;
Pour qui, réglant les lois au gré de son caprice ,
D'un pied superbe abat l'autel de la justice.
J'implore en vain des Dieux le terrible secours :
En faveur d'une impie ils sont muets et sourds.
Oublie un triste hymen et me rends à moi-même ,
Laisse-moi disposer du sacré diadème.
La nature en mon cœur fait entendre sa voix ,
Elle y doit sur l'amour reprendre tous ses droits.
Le trône est à mon fils ; mon fils n'est point coupable ;
Des fautes de son père il n'est point responsable.
Veux-tu, pour lui ravir son trône et ses états,
Que j'enchérisse encors ur tous mes attentats ;
Que j'aille , sans horreur, par de sanglans trophées,
Me livrer aux forfaits sur les pas des Médées,
Et par ma perfidie illustrant l'Inachus ,
Lui donner sur le Phase un triomphe de plus.

ÉGISTE.

Perfide, c'est donc là ces projets de votre ame,
Et le frivole espoir dont vous flattiez ma flamme?
C'est donc ainsi, qu'à peine à l'abri des dangers,
Vous me sacrifiez à des soins passagers ?
Vous qui , d'un faux remords étalant l'imposture ,
Réclamez tour à tour l'amour ou la nature :
Eh quoi donc? à présent suis-je moins votre époux
Que quand un faux rapport, par les nœuds les plus doux,
Unit vos sentimens à ma vive tendresse?
L'hymen vous plut alors, maintenant il vous blesse.
Naguères d'un vengeur invoquant le secours ,
Vous m'avez conservé pour défendre vos jours,

Tant que d'Agamemnon redoutant la colère,
Ma présence en ces lieux vous était nécessaire :
Mais aujourd'hui tranquille à l'ombre du pouvoir,
Faut il que mon destin plie à votre vouloir ?
Non. Votre sœur Hélène a mis l'Asie en cendre ;
A de pareils excès la Grèce doit s'attendre.
J'armerai ses enfans pour assurer mon sort ;
Je soufflerai partout l'incendie et la mort :
On me verra forcer les noires Euménides
d'affermir dans mes mains le sceptre des Atrides ,
Et vous serez contrainte , ou de verser mon sang ,
Ou de me maintenir dans cet auguste rang.
Je vous verrai vous-même , à ma perte enhardie ,
Etouffer , arracher les restes de ma vie ;
Eteindre dans mon sang une trop vive ardeur,
Dont même en périssant je ferai mon bonheur.

CLYTEMNESTRE.

Arrête , ingrat , prends garde , en réveillant le crime ,
De r'ouvrir des enfers l'inévitable abîme.
Ah ! loin de ranimer un criminel penchant ,
Du glaive des remords aiguise le tranchant ,
Aide ce cœur à vaincre un ascendant funeste.

EGISTE.

Puisque vous le voulez , couronnez donc Oreste ,
Mais venez avec moi , conduite par l'amour ,
Avouer notre hymen aux yeux d'une autre cour.
Je vois de toutes parts des conquêtes faciles ,
Hector et les Troyens ont dépeuplé nos villes ,
Le fils de Sténélus , vainqueur des Etoliens ,
A contre Diomède armé ses citoyens ;
Nauplius, pour venger la mort de Palamède,
A mes projets secrets accordera son aide,

Thèbes et Salamine ; Itaque et les Crétois
N'attendent qu'un vainqueur pour passer sous ses lois....

CLYTEMNESTRE.

Egiste , cours ailleurs remplir ta destinée ,
Pour moi qui fis rougir le dieu de l'hyménée ,
Traînant partout le trait qui m'a percé le cœur ,
Je veux ensevelir ma honte et ma douleur ;
Heureuse si mon fils , par un retour propice.....

EGISTE.

Qu'entends-je? votre fils ! Ah ! dans quel précipice
Son départ imprudent va-t-il nous entraîner?
Mais puisqu'il faut enfin renoncer à régner ,
Voyez donc allumer , par votre main cruelle ,
D'un vaste embrâsement la première étincelle. (*Il sort.*)

SCÈNE IV.

CLYTEMNESTRE, EURINOME.

CLYTEMNESTRE.

C'en est trop , téméraire , oses-tu sous mes yeux
Faire éclater ainsi tes transports furieux?
Quoi ! contre mon fils même... Où suis-je? quelle audace !
Holà , gardes,..... Il joint l'effet à la menace.
Qu'on observe ses pas. O trop funeste rang !
Serez-vous donc toujours environné de sang?
Ne trouve-t-on partout que des horreurs nouvelles?
Sans cesse autour de nous la mort étend ses ailes !

EURINOME.

Au milieu des grandeurs le trône ne met pas
Le plus heureux monarque à l'abri du trépas ;
Le sort n'offre à ses yeux qu'un trépas illusoire ,
Et la mort le poursuit de victoire en victoire.

CLYTEMNESTRE.

Ah ! du moins s'il mettait à l'abri des forfaits,.....
Si dans le cœur des rois il maintenait la paix....
Mais un feu dévorant, et qui me déshonore,
Me livre toute entière à celui que j'adore.
Les conseils, mes désirs n'ont qu'une même fin,
Et je cède à l'horreur d'un mutuel destin.
Mes remords, ma raison, tout m'indique mon crime ;
Cependant, malgré moi, je tombe dans l'abime.
La piété, l'honneur, le devoir et la foi,
Comme des dieux vengeurs se présentent à moi :
Vers ce ciel imploré j'élève un cœur profane ;
Je brûle malgré moi d'un feu que je condamne.
Je le combats sans cesse, il triomphe toujours ;
J'abhorre, en gémissant, de coupables amours,
Et par un sentiment dont mon cœur n'est plus maître,
Je résiste aux remords que ma raison fait naître.
Impuissante vertu qui déchire mon cœur,
Cesse de m'éclairer ou rends-moi mon bonheur ;
Cesse de rappeler, à mon âme incertaine,
Le souvenir cruel d'un devoir qui la gêne ;
Cesse enfin d'opposer, à d'amoureux transports,
Au tumulte des sens, d'insuffisans efforts,
Et détruis des remords que ta rigueur m'inspire,
Ou sur un fol amour donne-moi de l'empire.

EURINOME.

Eh quoi ? l'astre brillant qui partage vos jours
Dans des maux éternels finira-t-il son cours ?
Ne vous verrai-je pas, moins faible et moins émue,
Résister une fois au chagrin qui vous tue ?

CLYTEMNESTRE.

Hélas ! le puis-je ? aux yeux de tous les courtisans,
Je tâche d'affecter des dehors imposans ;

Mais rendue à moi-même, à ma douleur livrée,
Je cède aux maux secrets dont je suis dévorée.
Qu'il m'en coûte d'agir avec tant de rigueur
Contre un ingrat toujours l'idole de mon cœur !
Trop fier d'un tendre hymen qui l'approche du trône,
Il pourrait à la fin usurper la couronne,
Et d'un cœur qui l'adore abusant aujourd'hui,
Nuire aux droits de mon fils et m'armer contre lui.
Aux vœux de ce qu'on aime avec tant de constance,
On n'oppose jamais de forte résistance ;
Je connais ma faiblesse, et j'ai trop éprouvé
Qu'un violent amour ne peut être bravé.
Calchas est désormais mon unique espérance,
Je veux lui confier la suprême puissance :
Que ce sage pontife, en couronnant mon fils,
Le fasse triompher de tous ses ennemis,
Et qu'Egiste exilé ne trouble plus mon ame
Par les honteux retours d'une trop vive flamme.

EURINOME.

La Princesse s'avance....

SCÈNE V.

CLYTEMNESTRE, ELECTRE, EURINOME.

ELECTRE.

En ce jour de courroux
Me sera-t-il permis d'embrasser vos genoux ?

CLYTEMNESTRE.

Ma fille, il est trop vrai, vous n'avez plus de père ;
Neptune a contre lui déchaîné sa colère,
La mort a moissonné les lauriers du vainqueur,
Votre sang fut le prix du crime de ma sœur !
Pour le départ des Grecs ma fille Iphigénie
Fut, malgré son enfance, arrachée à la vie

Et mon illustre époux, lui-même dans ce jour,
Descendant chez les morts signale leur retour.
Consolez votre mère en ces tristes alarmes,
Ma fille, à mes douleurs, osez mêler vos larmes.
Mon ame à la pitié ne peut se refuser.....
Ce fut l'ambition qu'il voulait déguiser
Dont le cruel effet le plonge dans l'abîme;
Je le plains aujourd'hui qu'il en est la victime.
J'oublie en ce moment toutes ses cruautés,
Son sacrifice affreux, ses infidélités :
Je ne me souviens plus qu'en quittant ce rivage,
Il laissa son épouse au sein de l'esclavage,
Sous les lois d'un ministre, avec l'ordre cruel
D'enfoncer le poignard dans le sein maternel.
Si, de ma fille osant prendre en main la défense,
J'appelais, par mes cris, le peuple à la vengeance.
Comme un dieu tutélaire Egiste, à mon secours,
Vint du fond de la Grèce, et défendit mes jours.
Bientôt un faux rapport lui prodigua ma gloire,
Mais du passé, ma fille, effaçons la mémoire ;
Depuis ce temps le crime et les remords rongeurs,
Armés de l'épouvante et des glaives vengeurs,
D'une horreur inouïe empoisonnant ma vie,
De mes feux criminels ne m'ont que trop punie.

ÉLECTRE.

D'un sincère regret les effets précieux
Vous feront trouver grace au tribunal des Dieux.
Mais pour que votre voix par eux soit entendue,
Sur un peuple accablé daignez jeter la vue;
Que ses gémissemens percent jusques à vous,
Donnez l'exemple aux Dieux de vaincre leur courroux;
Prêtez l'oreille aux pleurs que porte au pied du trône
Un peuple infortuné que la mort environne.

Calchas est dans les fers, et tous ces vieux guerriers
Qui dans les champs troyens ont cueilli des lauriers,
Pour prix de leurs travaux et de leurs longs services,
Remplissent nos prisons, attendant des supplices,
Et leurs captifs traînés par l'ordre d'un tyran,
Vont sur ces saints autels voir répandre leur sang.
Veut-il braver le Ciel, où veut-il qu'il rougisse
D'un sacrifice offert des mains de l'injustice?
Ce n'est pas là le sang que demandent les Dieux.

CLYMNESTRE.

Je suis trahie, ô ciel! mais tu m'ouvres les yeux.
En portant dans mon cœur les cris de l'innocence,
Il est temps qu'aux rigueurs succède la clémence.
Oui, je veux qu'à l'instant, dans les cachots ouverts,
Ta main des malheureux fasse tomber les fers.
Gardes, suivez ma fille, et que le peuple apprenne
Quels sont les sentimens et le cœur de sa reine.
Allez, pour prévenir des complots ennemis,
Qu'au grand-prêtre en ces lieux les Troyens soient remis;
Que ce temple à Calchas serve aujourd'hui d'asile,
Et qu'Argos goûte enfin un destin plus tranquille.

FIN DU SECOND ACTE.

ACTE III.

On y voit l'urne d'Agamemnon, placée sur l'autel dans le sanctuaire.

SCENE PREMIÈRE.

CASSANDRE.

Cessez, cessez enfin de répandre des pleurs,
Au sein du désespoir on brave les malheurs.
De nous persécuter la fortune est lassée,
Des traits les plus cruels la pointe est émoussée.
Il ne nous reste plus ni pays, ni parens,
Nos remparts sont détruits, nos citoyens errans,
Mes frères égorgés, leurs épouses captives,
Mon père sans honneur étendu sur nos rives ;
Le superbe Ilion, sous la cendre caché,
N'offre plus qu'un amas de cadavres jonché.
Après tant de revers, les Parques menaçantes
Uniraient vainement leurs forces impuissantes.
Vengeons-nous, puisqu'enfin nous pouvons nous venger.
Les Grecs, dans notre sang, sont venus se plonger,
Rendons-leur aujourd'hui vengeance pour vengeance.
Que l'auteur de nos maux prenne notre défense ;
Que l'amour qui dans Troye apporta ses flambeaux,
Qui dans son sein fumant nous offrit des tombeaux,
Qui renversa Priam, et détruisit l'Asie,
Que l'amour aujourd'hui s'arme pour la Phrygie,

Que la sœur de Pâris soit Hélène en ces lieux,
Qu'Argos fume à son tour de mes perfides feux.
Si ce fut sur ses pas qu'au rivage du Xante,
Nous vîmes aborder la discorde sanglante,
Que ce soit sur les miens que l'orgueilleuse Argos
Voie fondre sur elle une foule de maux ;
Que j'en sois la terreur, que j'en sois la furie,
Et que sur ses débris je venge ma patrie.

UNE TROYENNE.

Agamemnon vous aime, irritez son ardeur,
Et vengez sur la sœur le crime de la sœur.

CASSANDRE.

Egiste et Clytemnestre, au sein de la mollesse,
S'enivrent du repos que le destin leur laisse ;
Ces criminels amans, en proie à leur amour,
Du fier Agamemnon ignorent le retour :
Sur la foi de sa mort, sans soupçons, sans alarmes,
Tranquilles dans le crime ils en goûtent les charmes,
Tandis qu'Agamemnon qu'ils osent outrager
Tient en suspens le bras qui doit les égorger.
Je ne puis qu'à ce prix couronner sa tendresse,
J'aurais trop à rougir de régner sur la Grèce,
Si dans le sang d'Hélène il n'éteignait l'horreur
Que la rage des Grecs a gravée en mon cœur.
Quels que soient mes projets ils sont tous légitimes,
Les manes de Priam attendent des victimes,
Si j'épouse le roi, les Grecs me sont soumis.
Et je venge par là mon père et mon pays,
Mais si le roi succombe en sa juste colère?....
Eh ! bien, un tel trépas, aura vengé mon père.

UNE TROYENNE (*venant du fond.*)

J'entends du bruit, quelqu'un avance vers ces lieux.

CASSANDRE.

Agamemnon parait, espérons tout des Dieux !

SCÈNE II.

CASSANDRE, AGAMEMNON, le Chœur.

AGAMEMNON.

Enfin après dix ans de travaux et de craintes,
Je puis dans ce séjour vous adresser mes plaintes :
Dieux, qu'en ce temple auguste on adore en tremblant,
Je viens mettre à vos pieds un trône chancelant !
Se peut-il que le chef des princes de la Grèce,
A qui tous ont transmis leur ardeur vengeresse,
Qu'ils ont décoré tous en lui cédant leurs droits,
Du titre glorieux du nom de roi des rois,
Se peut il qu'aujourd'hui, dans le sein de sa ville,
Le seul bruit de sa mort lui fournisse un asile,
Et que sous la tiare, à peine respecté,
J'aie vu faire insulte à votre autorité ?
L'aurais-je pu prévoir, lorsqu'aux bords du Scamandre
Vingt princes à ma voix osaient tout entreprendre,
Qu'orgueilleux de mon ordre ils volaient aux hasards
Sans craindre de laisser leur vie au Champ de Mars ?
L'aurais-je pu prévoir, quand au port de Sigée
La flotte triomphante en silence rangée,
Attendait pour partir le signal souverain,
Ces feux que je devais allumer de ma main ?
Aurais-je alors pensé qu'une épouse infidèle,
Etouffant de l'honneur la dernière étincelle,
Eût osé préférer au grand Agamemnon
Un monstre incestueux, l'horreur de ma maison ?
Un Egiste, en un mot, dont le bras sanguinaire
S'est baigné lâchement dans le sang de mon père.

CASSANDRE.

Pâris eût-il pensé, malgré tous mes discours,
N'obtenir que la mort pour prix de ses amours ?

En voyant au milieu d'une troupe brillante
Arriver à Pergame Hélène triomphante,
L'air serein que chacun admirait en ses traits
Semblait leur présager une éternelle paix.
Qui ne crût sous ses pas voir naître l'abondance,
Les tranquilles plaisirs, l'heureuse indépendance ?
Plus j'annonçais l'effet du crime de Pâris,
Plus la cour et le peuple étaient sourds à mes cris ;
Mais quel désastre affreux suivit son hyménée.
Vous qui fûtes l'auteur de notre destinée,
Vous le savez, seigneur, et du sort inconstant
Les cendres d'Ilion sont un beau monument.

ACAMEMNON.

Ah ! Princesse ! Oubliez les funestes ravages
Que les Grecs ont commis sur vos tristes rivages.
J'en atteste les Dieux ! la fureur des combats.
Emporte à des excès que l'on ne prévoit pas,
Et les indignités que nous avons commises
Du dieu de la vengeance étaient les entreprises.
Non, je ne voulais point dans le cœur d'Ilion
Porter le désespoir ni la destruction,
Je voulais réprimer son audace mutine;
Je voulais sa conquête, et non pas sa ruine ;
Mais trempé dans le sang, le glaive du vainqueur
Ne sait plus, ne peut plus retenir son ardeur :
Le soldat aveuglé, de butin trop avide,
Ne suit que la fureur qui l'entraîne et le guide,
Et la nuit, sous son ombre irritant les guerriers,
Les acharne aux combats et souille leurs lauriers.
Pour réparer vos maux ce qui me reste à faire,
C'est d'implorer des Dieux le secours nécessaire,
D'essayer de rentrer au rang de mes aïeux,
Et d'en précipiter deux criminels heureux.

3

Si la main d'un vainqueur peut essuyer vos larmes,
Si le trône d'Argos a pour vous quelques charmes,
Alors, madame, alors il ne tiendra qu'à vous
De daigner m'honorer du nom de votre époux,
De voir la sœur d'Hélène, à vos ordres réduite,!
Pour grossir votre cour marcher à votre suite.

CASSANDRE.

Sans m'enivrer, seigneur, d'un espoir séduisant,
Souffrez qu'à vos bienfaits je m'oppose à présent.
Clytemnestre au palais domine en souveraine,
Tout roule dans l'État au gré de cette reine,
Et pour faire rentrer le peuple en son devoir,
L'époux d'une Troyenne aurait peu de pouvoir.
Qui sait même, seigneur, si ceux de qui le zèle
Font briller à vos yeux l'ardeur la plus fidèle,
Pourraient voir sans rougir le sang de Dardanus
Partager avec vous le trône d'Inachus?
Et ne frémiraient pas de l'union bizarre
De la sœur de Pâris au gendre de Tindare?
Feignez, dissimulez, il n'est que ce secret
Pour faire sûrement réussir un projet :
Et lorsque de l'État vous aurez pris les rênes,
Qu'Argos sera soumise aussi bien que Micènes,
Si vous daignez, seigneur, jeter les yeux sur moi,
Vous me verrez alors obéir à mon roi. (*Elle sort.*)

SCÈNE III.

AGAMEMNON seul.

C'est donc dans ce tombeau qu'une sage prudence
Tient, au sein de la mort, mes jours en assurance !
Du trépas simulé d'un époux offensé,
On étale en ces lieux le triomphe insensé :

Ce couple criminel, dans une union tendre,
Jouit du vain plaisir de posséder ma cendre ;
Mais que l'illusion pourra leur coûter cher,
Quand ils verront partir la foudre avec l'eclair !
De leurs yeux tout-à-coup quand mes flambeaux funèbres,
Comme un astre brillant feront fuir les ténèbres.
O temple ! dont je viens laver le déshonneur,
Reconnais dans mon bras celui d'un dieu vengeur.

SCÈNE IV.
AGAMEMNON, ARCAS, EURIBATE.

ARCAS.

Seigneur, tout réussit au gré de notre envie ;
Aux conseils de Calchas la reine se confie,
Elle appelle à grand cris l'oracle à son secours,
Elle attend de vous seul le repos de ses jours.
Elle veut vous parler, vous consulter vous-même.
Argos pour votre fils montre une ardeur extrême,
Nos citoyens, charmés au seul bruit de son nom,
Font voir leur dévouement au sang d'Agamemnon.

EURIBATE.

Ajoutez que nos Grecs, dispersés par l'orage,
Dans le port d'Epidaure ont bravé le naufrage ;
Qu'Oreste est à leur tête, et même qu'à la nuit,
Sur les remparts d'Argos il doit être introduit.
Corinthe, Egire, Enope, Elire, Sicione,
Font marcher du secours pour soutenir le trône.

AGAMEMNON.

Je reconnais les Dieux à ces heureux succès.

ARCAS.

Seigneur, l'armée encore s'oppose à nos progrès :
Ces bataillons nombreux de soldats mercenaires,
Risquant pour le tyran leurs jours en téméraires,

3*

Etrangers dans ces lieux, n'ont rien à ménager,
Et mettent leur honneur à braver le danger.

AGAMEMNON.

Qui pourrait résister aux vainqueurs de Pergame ?

(à Euribate.)

Toi, parlant à la Reine, as-tu lu dans son ame ?

EURIBATE.

J'y fis tous mes efforts, et pour l'éprouver mieux,
Je vous peignis vainqueur arrivant en ces lieux,
Traînant à votre char la fortune de Troye.
Je crus voir dans ses yeux étinceler la joie.
Ensuite du naufrage exposant la fureur,
Je la vis se troubler, et bientôt sa douleur
Me parut un effet de son inquiétude.
Enfin sur votre sort, jetant l'incertitude,
J'aperçus un combat et de crainte et d'espoir,
Mais sans voir triompher l'amour ni le devoir.

AGAMEMNON.

C'en est assez ; sortons, elle vient elle-même.

SCENE V.

CLYTEMNESTRE, ARCAS, GARDES.

CLYTEMNESTRE.

L'effroi fait éclipser l'orgueil du diadème ;
Il me contraint ici d'abaisser mon pouvoir
Et de plier le sceptre au joug de l'encensoir.
Pour sortir des forfaits n'est-il que cette issue ?
Par un trouble mortel mon ame confondue
Ne saurait étouffer un trop funeste amour.
Plût aux Dieux que Calchas me rendît en ce jour
D'un repos qui me fuit la flatteuse espérance !
Mais il n'habite, hélas ! qu'au sein de l'innocence !

(au grand-prêtre.)
Amenez-moi Calchas, et vous , gardes, allez.

SCENE VI.

CLYTEMNESTRE, *seule.*

Tout contre moi conspire et mes maux sont comblés ;
De momens en momens je sens croître mon trouble.
L'épouvante me glace , et mon horreur redouble....
La lumière du jour se dérobe à mes yeux.....
Des gouffres du Tartare un cri perce les cieux,
Atrée est menaçant, il veut un sacrifice.....
Thieste sous mes pas entr'ouvre un précipice....
Je ne vois que couteaux et que membres d'enfans ,
Que bûchers embrasés et que vases sanglans......
De mon terrible époux les flambeaux funéraires
Eclairent de mon cœur les ardeurs téméraires.
Tout me fuit.... Et je suis en horreur aux enfers.
Dieux ! daignez refermer l'abime où je me perds !

SCENE VII.

CLYTEMNESTRE , AGAMEMNON , cru Calchas, non
vêtu en grand-prêtre , ARCAS.

AGAMEMNON.

Osez-vous implorer la clémence éternelle,
O vous qui nourrissez une ardeur criminelle?
Qui , violant les lois de l'hospitalité ,
Elevez un trophée à l'infidélité !

CLYTEMNESTRE, *sans le regarder.*

Quels accens effrayans! quel son de voix terrible !
Est-ce un Dieu courroucé , qui s'est rendu visible?
Je n'ose sur son front détourner mes regards.

AGAMEMNON.

La foudre . les éclairs brillent de toutes parts.

Atrée, Agamemnon demandent pour victime
Ce perfide assassin , cet artisan du crime.....

CLYTEMNESTRE.

Je crois entendre encor la voix de mon époux !
Oh ! vous qui m'annoncez le céleste courroux !...
Que vois-je ? Ciel !..... je... meurs.

AGAMEMNON.

                    Osez me reconnaître.
Sous un déguisement obligé de paraître ,
Redevable du jour au bruit de mon trépas ,
La mort fut mon asile et retint votre bras ;
Mais cet état obscur, où ma gloire avilie
Sous un nom emprunté languit ensevelie,
En me déshonorant ne sauve pas mes jours ;
De vos faveurs encor vous poursuivez le cours.
Clytemnestre perfide et d'amour enivrée,
Sacrifie un époux à l'assassin d'Atrée.....
J'en rougis..... il est temps de rétablir mes droits ;
Car vous souillez par trop l'auguste sang des rois.
Contre Egiste , aujourd'hui , pour venger ma couronne,
C'est sa tête à la main qu'il faut sortir du trône.

CLYTEMNESTRE.

Sortir du trône !..... Dieux !.... et sa tête à la main !....
Mais la pitié ne peut fléchir un inhumain.
Si j'étais comme toi, père , époux inflexible,
Si ma main eût offert un sacrifice horrible,
Si j'eusse de ma fille osé percer le flanc,
Je pourrais , sans frémir, faire couler le sang.....
A de si grands efforts mon ame se refuse.

AGAMEMNON.

Cache mieux de ton cœur la criminelle ruse.
Si tu n'immoles pas Egiste à mon courroux ,
Après avoir flétri la gloire d'un époux ,
Crains qu'enfin....

CLYTEMNESTRE.

Par toi seul ta gloire fut souillée,
Quand du sceptre ta main fut jadis dépouillée.
Le meurtre de ma fille et tes coupables feux
Dès long-temps de l'hymen ont brisé tous les nœuds,
Et j'ai dû faire agir, contre les injustices,
La main du défenseur qui m'offrit ses services.
Rappelle-toi, cruel, cet arrêt plein d'horreur
Qui devait enfoncer le poignard dans mon cœur;
Mais j'ai rompu l'effet de cette trame impie :
Nous avons combattu pour notre propre vie.
Le trône nous a mis à couvert du trépas,
Et j'en fis part à qui m'avait prêté son bras.

AGAMEMNON.

Plût aux Dieux que du Ciel la colère adoucie
Eût préféré son sang au sang d'Iphigénie!
Qu'il aurait épargné de crimes en ces lieux!
Il n'aurait pas contraint un époux malheureux
De laisser près de toi, pour venger mon outrage,
Un ministre qui pût s'opposer à ta rage,
Tandis que pour ta sœur affrontant les hasards,
J'exposais chaque jour ma vie au champ de Mars.

CLYTEMNESTRE.

Fallait-il pour Hélène exposer ta famille,
Et pour venger ton frère, assassiner ta fille !
Père dénaturé, monarque ambitieux,
Epoux fier, inflexible, injuste et furieux,
Qui, du sang en ton cœur étouffant le murmure,
Sourd aux pleurs de ta fille, au cri de la nature,
Livrant Iphigénie arrachée au berceau,
Des sacrificateurs enfonçais le couteau !
En détournant les yeux de ce spectacle horrible,
Barbare, tu craignais de paraître sensible.

Tu dévorais déjà, par l'ardeur du désir,
La gloire dont Pergame allait t'enorgueillir!
Il faut au fils d'Atrée une gloire sanglante;
Que du dieu des combats l'épée étincelante
Applanisse la route, et sème sur ses pas
Les débris de la guerre et l'horreur du trépas.
Il faut que les degrés qui soutiennent son trône
Soient arrosés de sang par la main de Bellone,
Et que la piété, que l'amour de la paix,
Des enfans de Pélops désertent les palais.
Il paraîtrait honteux à ces ames sublimes
De ne commettre pas les plus énormes crimes,
Les injustes succès de ces monstres fameux;
Un spectacle assidu de crimes trop heureux,
Trahison, cruauté, jalousie obstinée,
Impiété, fureur, haine déterminée,
Ce qu'entraîne après soi l'ardente ambition,
Ne sont de vos horreurs que le moindre crayon.
Jusque dans les plaisirs ton cœur est sanguinaire,
Et s'il n'est teint de sang l'amour ne peut te plaire.
Tu n'aimas Briséis que parce qu'il fallait
L'arracher à l'amant que sa perte accablait;
Tu ravis Astinome aux bras sanglans d'un père....
Mais laissons maintenant ces sujets de colère.
Lève les yeux, cruel, et vois la Grèce en deuil
Pleurer sur les lauriers qui flattent ton orgueil.
Sous ces urnes, parmi ces cendres magnanimes,
De ton ambition reconnais les victimes.
L'arbitre des combats, l'impitoyable Mars,
Qui dispose en tyran, au milieu des hasards,
Des jours infortunés des guerriers les plus braves,
Du peuple de Pergame a serré les entraves.
Mais c'est dans nos bûchers qu'il a forgé leurs fers,

Ton orgueil effréné dépeuple l'Univers,
Du rang de roi des rois une soif brûlante,
Pour ce titre éclatant arma ta main sanglante;
L'espoir ambitieux du nom de conquérant,
Fit naitre dans ton cœur le désir dévorant
De porter les drapeaux aux plaines de Phrygie,
Et tu vainquis pour toi plus que pour ta patrie.

AGAMEMNON.

De mes justes desseins quand la Grèce est témoin,
Ton ingrate fureur ne peut aller plus loin ;
Mais rien ne peut soustraire Égiste à ma vengeance,
Frémis, tremble toi-même en prenant sa défense.

CLYTEMNESTRE.

Ignores-tu qu'ici le sceptre que je tiens
Pourrait seul décider de nos jours et des tiens?

AGAMEMNON.

Dans le nombre infini de crimes qui t'assiége,
Achève, il te manquait encor ce sacrilége :
Mais ç'en est trop enfin, ta rage m'y résout,
La vengeance et l'honneur me porteront à tout :
Rien ne me retient plus, armé par la justice,
Mon peuple va d'Egiste ordonner le supplice,
Et tu lui survivras seulement un instant,
Pour mieux puiser l'horreur dans son sein palpitant.
On doit un tel exemple à ma gloire, à l'empire,
Je vole à la vengeance et mon cœur la respire.

CLYTEMNESTRE.

Puisqu'au dernier excès il me force en ce jour,
Que l'hymen menaçant tombe aux pieds de l'amour.
Sur votre tête, Arcas, songez à m'en répondre,
Egiste sera libre, il saura te confondre. (*Elle sort*).

SCÈNE VIII.

AGAMEMNON, ARCAS.

AGAMEMNON.

Ne nous contraignons plus, j'ai ma gloire à venger.
Je brave les périls où je cours m'engager.
Vous, Arcas, suivez-moi.

ARCAS.

Punissons ses complices.
Les Dieux, la foudre en main, préparent leurs supplices.

FIN DU TROISIÈME ACTE.

ACTE IV.

SCÈNE PREMIÈRE.

CASSANDRE, ÉGISTE.

ÉGISTE.

Madame, osez bannir un scrupule importun,
Et défendons ensemble un intérêt commun.
Que d'un oracle feint les invincibles charmes
Hâtent par notre voix le succès de mes armes.
Faites tonner le ciel, faites parler les Dieux,
Offrez d'un doux espoir les attraits précieux,
Osez des immortels, enflammés de vengeance,
Aux peuples effrayés annoncer la clémence.
Dites-leur que mon règne amènera la paix;
Contre votre vainqueur animez ses sujets,
Souvenez-vous du sort qu'essuya la Phrygie,
Et réparez vos maux au dépens de sa vie.
Le peuple esclave né des appas de l'erreur,
De tout ce qui l'étonne aveugle admirateur,
Suit dans sa bonne foi le faux jour qui l'éclaire.
Il suffit d'éblouir le timide vulgaire
Pour armer son orgueil contre sa liberté;
Le partage du faible est la crédulité !
D'un avenir heureux s'il entrevoit l'aurore,
Il courbe un front docile, il redoute, il adore
Des mystères profonds l'impénétrable nuit,
Et par des préjugés il veut être séduit.

CASSANDRE.

De tes impiétés cherche ailleurs un complice......
Et puisqu'il faut du sort que l'arrêt s'accomplisse,
Sans flatter ta fureur d'oracles supposés,
Immole des sujets qu'elle a tyrannisés.
Si ce n'est point assez pour ton cœur sanguinaire,
Cours enfin couronner ton ardeur téméraire,
Fait valoir ton hymen au milieu des tombeaux,
Que ces bûchers sanglans te servent de flambeaux.
Le fer dans une main et la flamme dans l'autre
Verse le sang des Grecs, baigne-toi dans le nôtre,
Embrase ce palais, ce temple, ces remparts
Massacre, sans pitié, les citoyens épars,
Le crime pour régner, n'a pas besoin d'oracles.

EGISTE.

Il faudra donc, sans vous, triompher des obstacles,
Mais, pour mieux assurer mon empire en ces lieux,
Je verserai du sang puisqu'il en faut aux Dieux.

CASSANDRE.

On tonne vainement au comble des disgraces,
La terreur se fait voir à travers les menaces,
Tremble, Egiste, le sort ne comble ton ardeur
Que pour te foudroyer au sein de la grandeur.
Lorsque le cruel Mars embouche la trompette,
Et que ses étendards flottent sur notre tête,
La victoire souvent est funeste au vainqueur.

EGISTE.

Qui me brave, pourrait éprouver ma fureur.

CASSANDRE.

Moi, fille de vingt rois, dont la haute vaillance
A balancé des Dieux la suprême puissance,
Je pourrais m'avilir jusqu'à te redouter?
J'ignore l'art honteux de feindre et de flatter.

Le sort m'a pu donner des chaînes en partage,
Mais il n'a pas réduit mon cœur à l'esclavage.
Les malheurs de la guerre ont pu m'humilier,
Mais on ne verra pas Cassandre s'oublier.
Qui sait braver la mort n'a plus de maux à craindre.
Je l'attends de ta part sans frémir, sans me plaindre.
Je quitterai la vie avec tranquillité,
Et des mains du trépas prenant ma liberté,
Parricide, adultère, inceste, perfidie,
Ne souilleront jamais la gloire de ma vie.

ÉGISTE.

Esclave, oses-tu bien sans respect pour tes rois,
Vers Egiste élever ton insolente voix ?

CASSANDRE.

Le sang du roi des Dieux qui coule dans mes veines,
Bouillonne de fureur au milieu de mes chaînes,
Et sans l'espoir flatteur de voir renouveler
Les horreurs dont les Grecs ont osé nous combler,
Je n'aurais point quitté les cendres de Pergame ;
Mais bientôt dans la Grèce, et le fer, et la flamme,
Ramèneront les pleurs, l'incendie, et la mort.
Argos ne périra que sous son propre effort,
Et l'amour empruntant le flambeau de la haine,
Prépare d'Ilion la vengeance certaine.
Ilion ! où régnait les arts et le plaisir,
Dont il ne reste plus qu'un triste souvenir,
Tes vainqueurs de leur sang vont arroser tes cendres
Ils vont rompre aujourd'hui les liens les plus tendres.
L'amour seul a couvert tes campagnes de morts,
La nature et l'amour sont armés sur ses bords.
Qu'une femme infidèle a fait verser de larmes !
Combien à sa défense elle a fait briser d'armes !

Que de combats affreux ! que de sang! que d'honeurs!
Ont suivi de Pâris les coupables ardeurs !
Bellone dans ces murs va surpasser sa rage,
Aux douceurs de la paix succède le carnage,
La digne sœur d'Hélène en a fait les apprêts.
Les lauriers des vainqueurs se changent en Cyprès;
L'illustre bru d'Atrée et le fils de Thieste,
Par le sang d'un époux cimentent leur inceste :
La nature irritée anéantit sa loi,
Et livre aux coups du fils une épouse sans foi.
Crains, Oreste, tyran, crains sa main vengeresse.
Tu vengeras Pergame, il vengera la Grèce.
Déjà du cœur des Grecs, par ta fourbe éblouis,
L'illusion, l'effroi se sont évanouis,
Et du peuple éclairé, le bras qui te menace,
S'étend pour châtier ta sacrilège audace.

ÉGISTE.

De tes présages vains que d'autres fassent cas,
Quant à moi, quels qu'ils soient ils ne m'étonnent pas.
Qui sait braver l'envie et mépriser la haine,
Peut garder à tout prix la grandeur souveraine :
J'y pourrai succomber ; mais avant que le sort
Ait déployé sur moi le voile de la mort,
Avant que furieux, sur le rivage sombre,
Des manes étonnés j'aille augmenter le nombre,
Ce peuple, cette cour sentiront pour long-temps
De mon juste courroux les effets éclatans
On verra ce que peut Égiste qu'on offense ;
La pitié disparait où règne la vengeance.
Jusqu'ici Clytemnestre a retenu mon bras :
Que l'amour en fureur y sème le trépas;
Et puisqu'à mes desseins je trouve tout contraire,
Que des fleuves de sang annoncent ma colère (*Il sort.*)

SCÈNE II.

CASSANDRE (*seule.*)

Fortune, qu'en mon sein tu jettes de terreurs,
Que je préyois de maux, de crimes et d'horreurs !
Mais le fatal ciseau de la Parque cruelle
N'est terrible qu'à ceux que ta faveur appelle :
Pour moi qui des destins perçant l'obscurité,
N'ai jamais entrevu qu'effroi, que cruauté,
Aux plus affreux revers je suis accoutumée
Je méprise les coups de l'injustice armée :
L'école des malheurs où, dès mes jeunes ans,
L'adversité forma mes premiers sentimens,
L'excès qui de mes maux a comblé la mesure,
Ne m'offrent dans la mort qu'une retraite sûre.

SCÈNE III.

CASSANDRE, CHŒUR DE TROYENNES.

CASSANDRE.

Venez, faible soutien de nos communs malheurs,
Partager avec moi nos dernières douleurs.
Le destin va changer la face de la Grèce.
Voyez, voyez partir la foudre vengeresse :
Tout est fini pour nous, mais le sombre Pluton
Cite nos fiers vainqueurs au bords du Phlégéton.

UNE TROYENNE.

Déesse de justice, étonnez le perfide,
Et troublez pas vos coups le repos des Atride !

CASSANDRE.

Nos vœux sont exaucés, déjà l'usurpateur
Attise de sa main le feu de la fureur,

L'horreur du désespoir, qu'il boit à pleine coupe ;
Des soucis dévorans l'inséparable troupe,
De leurs heureux destins ont corrompu le cours,
Et par leur amertume empoissonné leurs jours.
(*Elle commence à être agitée par des mouvemens pro-*
phétiques.)
Pourquoi ces feux sacrés dont brillent ces portiques,
Ces guirlandes de fleurs, ces festons magnifiques,
Ces apprêts éclatans, ce triomphe pompeux....
Qu'entoure de la mort le voile ténébreux ?
Tout fuit en un instant.... Les soucis, la tristesse
Font éclipser déjà la publique allégresse.
Dans ce séjour de pleurs qu'habite le trépas,
Le glaive et l'épouvante ont précédé mes pas,
Le parricide accourt, armé de nouveaux crimes,
Et dévoue aux enfers d'innocentes victimes.
Les déesses du Styx assiégent le palais,
La Discorde et la Haine y décochent leurs traits ;
Et ce temple exécrable, où l'horreur se prépare,
Est enfin devenu le parvis du Tartare.
Pères, enfans, neveux, frères, femmes, époux,
Ont d'une affreuse haine éternisé les coups.
Les funèbres flambeaux des noires Euménides
Eclaireront long-temps le palais des Atrides

UNE TROYENNE.

Le livre du destin va s'ouvrir à vos yeux ;
Au dieu qui l'a saisie adressons tous nos vœux.

CASSANDRE.

Que vois-je ? que de sang ? que de morts violentes ?
Quel nombre d'assassins, et que d'armes sanglantes ?
Je vois le fer levé par la main du trépas....
Dans quels lieux, dieu du Pinde as-tu fixé mes pas ?
La nature frémit dans ce séjour barbare.
daigne fermer mes yeux sur ce qu'on y prépare ;

Le voile de l'hymen est celui de la mort.
L'épouse de l'époux a prononcé le sort.
Que de lugubres sons, préludes d' vengeance,
Discorde insatiable, annoncent ta présence !
Tu viens encourager une épouse en fureur,
Et tu forces son fils à lui percer le cœur :
Déjà le coup fatal menace la victime ;
La fraude arm la main, la nuit couvre le crime ;
Elle frappe, il est mort.

UNE TROYENNE.

Oh comble de fureur !
Je frémis, et mon sang se glace de terreur.

CASSANDRE.

Ah ! loin d'ouvrir mes yeux sur des objets funèbres,
Apollon, viens plutôt y semer des ténèbres.
Cache le glaive affreux, qui de mes tristes jours
Sur l'autel de l'hymen doit terminer le cours.
Quels instans choisis-tu pour reprendre une vie
Qu'à l'opprobre, à l'horreur le crime sa rifie ?
Mon supplice s'accroît, c'est mourir doublement
Que d'un trépas certain connaî re le moment.
Mon âme, ô Simoïs ! sur tes rives instruite,
Va porter le trépie l sur c lles du Cocite.....
Allons, rompons le voil , et m ttons au grand jour
L'abomination de cette horrible our.
Les fils sont égorgés, leurs chairs assaisonnées,
Les entrailles d'un père en sont empoisonnées ;
Un concert infernal, par ses sons effrayans,
Lui dérobait les cris de ses fils expirans.
Divinités d'Enfer, de carnage altérées,
Respectez la nature, et de sang enivrées,
De l'hyménée enfin ne brisez plus les nœuds.

UNE TROYENNE.

Pourquoi nous rappeler tant de forfaits affreux ?
Ensevelissez-les dans la nuit du silence ;
Et si des lois du sort vous avez connaissance,
Daignez offrir nos vœux à la Divinité.

·CASSANDRE.

Quelle nuit m'environne, et quelle obscurité
Enveloppe les traits d'une nouvelle audace !
Où me transportez-vous, mont sacré du Parnasse ?
Disparais, Apollon, je ne suis plus à toi :
Je suis toute à l'horreur qui s'empare de moi.
Mais quoi ! le jour renaît !.... j'entrevois deux aurores.....
Je ressens, faible Argos, les maux que tu déplores.
On espère en ton sein mieux redoubler les coups,
En aiguisant le fer dans le sang d'un époux,
On lève contre toi le glaive sanguinaire.
Crains le fils de l'inceste et l'épouse adultère.
Le sang contre le sang, au mépris de ses droits,
Va briser aujourd'hui les nœuds les plus étroits.
Le réseau de la mort sur tes murs se déploie,
Argos va devenir une seconde Troye,
La vengeance s'approche et des flots de guerriers
D'un sang trop précieux vont ronger leurs lauriers.
Oh ! mon père ! leurs mains vont venger ta famille :
De ce spectacle affreux laisse jouir ta fille.
L'hécatombe sanglant qu'ils vont te préparer
Ce sont leurs rois tout prêts à s'entre-massacrer.
Si le sentiment vit sur le rivage sombre,
Vois, par ce qu'en tribut Argos porte à ton ombre ;
Combien à te détruire ont souffert tous les Dieux,
Puisqu'ils t'offrent du sang et du plus glorieux.
Sortez du noir séjour que le Styx environne,
Ombres des Phrygiens, voyez une Amazone

Dans la tombe du père ensevelir le fils,
Et partager le sceptre avec leurs ennemis.
Voyez ce monstre affreux, armé de fers impies,
Trancher un nœud tissu par la main des Furies.....
Mais parmi les éclats d'une sombre lueur,
De son sang même enfin je vois naître un vengeur.

SCÈNE IV.

AGAMEMNON, CASSANDRE, CHŒUR, GARDES.

UNE TROYENNE.

Ah Seigneur ! accourez, votre captive cède
Au pouvoir fatigant du Dieu qui la possède.

AGAMEMNON.

Qu'on détache ses fers, que tout soit libre ici.

CASSANDRE.

Dans les murs d'Ilion tout était libre aussi.

AGAMEMNON.

Voici le jour heureux où votre hymen s'apprête.

CASSANDRE.

Le dernier jour de Troye était un jour de fête.

AGAMEMNON.

Prosternons-nous, madame, au pied de cet autel.

CASSANDRE.

Ce fut là que Priam reçut le coup mortel.

AGAMEMNON.

Troye est-elle en ces lieux ?

CASSANDRE.

Le sang d'Hélène y règne.

AGAMEMNON.

Avec moi se peut-il que Cassandre le craigne ?

CASSANDRE.

La liberté s'approche à l'ombre du trépas.

4*

(52)

AGAMEMNON.

Que peut craindre un vainqueur ?

CASSANDRE.

Tout ce qu'il ne craint pas.

AGAMEMNON.

Ecartez ces pensers, laissez de vains présages :
Les Dieux avec bonté reçoivent nos hommages.

CASSANDRE.

Allons donc, puisqu'il faut déterminer mon sort,
Sur le char de l'Hymen avançons à la mort.

FIN DU QUATRIÈME ACTE.

~~~~~~~~~~~~~~~~~~~~~~~~~~~~~~~~~

ACTE V.

~~~~~~~~~~~~~~~~~~~~~~~~~~~~~~~~~

SCÈNE PREMIÈRE. (*Il fait nuit.*)

CLYTEMNESTRE, EURINOME.

EURINOME.

Madame, il n'est pas temps de se livrer aux larmes
Quand il ne faut penser qu'à recourir aux armes.
Venez, quittez ces lieux, et rentrez au palais.

CLYTEMNESTRE.

Je n'ai devant les yeux que l'horreur des forfaits ;
Je ne sais quel effroi couvre mon diadème,
Je crains tout, mon époux, mes enfans et moi-même ;
Je vois autour du trône un invisible bras
Creuser de plus en plus l'abîme du trépas.
Mais qu'ai-je à redouter ? Armons-nous de courage.
L'ennemi menaçant a réveillé ma rage.....
Que fais-je ? A quoi m'emporte un horrible courroux ?
Quand il est sans appui , dois-je craindre ses coups ?
Quoi ! contre mon époux je pourrais..... Ah ! cruelle ,
Etouffe bien plutôt ton ardeur criminelle !
Si dans son sang , hélas! je me baigne en ce jour ,
C'est moins pour contenter la haine que l'amour!
Soutiens mon faible cœur , il hésite, il balance,
Chère Eurinome , hélas ! Mais j'entends ton silence,
Tu frissonnes d'horreur.

EURINOME.

                          En cette extrémité
Quel peut être l'effet de ma sincérité ?

CLYTEMNESTRE.

D'un reste d'amitié ranime l'étincelle :
Parle, peins-moi le peuple armé pour sa querelle,
Pères, enfans, amis s'entr'ouvrent le tombeau.
Du sang qui va couler offre-moi le tableau ;
Peins-moi d'un noir crayon l'impiété, la haine,
Et tous les maux affreux que la révolte entraîne ;
Peins-moi ma fille en pleurs, embrassant mes genoux,
Détournant sur son sein mes parricides coups ...
Grands Dieux! je ne suis plus, dans ma douleur profonde,
Que la honte d'Argos et l'opprobre du monde.

EURINOME.

Calmez de vos remords l'effet impétueux ;
Qui rougit de son crime est presque vertueux.

CLYTEMNESTRE.

Va trouver mon époux, parle, prie, agis, presse,
Tâche de réveiller sa première tendresse.
Dis-lui que Clytemnestre est docile à sa voix,
Que ce n'est que de lui que je prendrai des lois.
Qu'Egiste emporte au loin son ardeur fugitive ;
J'y consens, je veux tout, pourvu qu'Egiste vive.
S'il fit mourir Atrée, il conserva mes jours ;
Il osa me prêter un utile secours,
Et je ne puis enfin verser sans répugnance
Un sang à qui je dois tant de reconnaissance.
Va, parle lui d'Oreste et d'Electre sa sœur ;
Au nom d'Iphianasse attendris le vainqueur,
J'attends tout de tes soins, j'attends tout de ton zèle.

SCÈNE II.

CLYTEMNESTRE.

Mais hélas ! à ses yeux je suis trop criminelle.

Fidèle à son courroux, il nourrit dans son cœur
De ses ressentimens l'implacable fureur.
Témoin de mes transports, victime de ma rage,
Il est de son devoir de punir qui l'outrage.
L'honneur le lui commande, et tous mes attentats,
Jusqu'à verser mon sang autorisent son bras,
Il est justifié par ma coupable audace ;
Et je l'offense encor en lui demandant grace.
Moi qui n'ai pu dompter un penchant malheureux,
Moi dont le désespoir a décélé les feux,
S'il est inexorable, il est ce qu'il doit être.
Il ne me reste enfin plus qu'un crime à commettre !
Épouse, reine impie, ose avant ton trépas
Exposer tout un peuple aux hasards des combats,
Rien ne doit te coûter, et ton ame aguerrie
Peut sacrifier tout, époux, enfans, patrie.
La pudeur, la justice, et la foi de l'hymen !
Ne trouvant plus de place en mon cœur inhumain,
Le crime seul y règne, et l'affreuse Bellone
D'une sanglante main l'éclaire et l'environne....
Tout devient des forfaits par mes moindres erreurs ;
Mais d'un vain répentir j'éprouve les horreurs.
Sais-je moi-même, oh ciel ! si la crainte en mon ame
Ne fait point au devoir sacrifier ma flamme ?
Une invincible ardeur et des remords constans,
Contre moi, tour-à-tour, lancent des traits perçans....
Sous le poids accablant d'une importune vie,
J'ai donc vu se changer ma gloire en infamie.

SCÈNE III.
CLYTEMNESTRE, EGISTE.
EGISTE.

Madame, y songez-vous? d'un trône redouté,
Ce trouble humiliant flétrit la majesté,

Il faut plus hardiment tenir tête à l'orage,
Venez de vos lenteurs voir éclater l'ouvrage,
Tout le peuple a l'envi révolté contre nous,
Se rassemble en bon ordre au nom de votre époux,
La terreur sur Argos a déployé ses ailes.
Les ténèbres à peine ont couvert les rebelles
Qu'Agamemnon lui-même , en ce tumulte affreux,
Entouré de soldats s'avance furieux.
Attendons-nous, madame , à périr l'un et l'autre ,
Il faut sceller la paix de son sang ou du nôtre ,
Il ne nous reste plus qu'à régner ou périr.
Un roi , dans son courroux toujours prompt à punir,
Pour les autres sévère , indulgent pour soi-même ,
Ne néglige jamais les droits du diadème,
Quel qu'en soit le danger prévenons l'attentat.
Vous pouvez faire encor le destin de l'Etat.
Le peuple veut un frein , s'il ne tremble , il opprime ,
Ne tardons plus , le crime est l'asile du crime.
La mort n'a rien d'affreux à qui voit en mourant
Son mortel ennemi sous ses coups expirant.
Laissez-moi le combattre avec toute sa gloire,
Et soyez désormais le prix de la victoire.

CLYTEMNESTRE.

Quoi ! contre moi le ciel agira-t-il toujours?
Parmi tant de revers où trouver du secours !
L'auguste majesté d'un sceptre redoutable
Enchaîne de flatteurs un peuple méprisable :
Tout nous trahit ; en vain tu formes quelqu'espoir.

EGISTE.

D'intrépides soldats, fermes dans leur devoir,
Contre des révoltés sauront bien vous défendre,
Ordonnez seulement et je cours l'entreprendre.

CLYTEMNESTRE.

Egiste, il n'est plus temps, le ciel parle, obéis;
Fuis, épargne le sang, dérobe-toi, fléchis,
A ton superbe roi, rends le pouvoir suprême.

EGISTE.

S'il est né souverain, que suis-je donc moi-même?
De Tantale et Pélops je descends comme lui,
Et le trône d'Argos m'appartient aujourd'hui.

CLYTEMNESTRE.

Je n'aperçois que trop à quoi ton ame aspire,
Oui, tu chéris bien moins ma gloire que l'empire;
Dévoré par le feu de ton ambition,
L'amour est de ton cœur la moindre passion:
Et sans t'embarrasser si l'Univers me blâme,
Pour assouvir tes vœux tu fais agir ma flamme.
Règne, ensanglante donc le trône où tu te sieds.

EGISTE.

Vous, allez à Cassandre, allez donc à ses pieds
Remettre votre sceptre, et reconnaitre en elle
La rivale orgueilleuse et la reine nouvelle
Qu'Agamemnon épouse et couronne en ces lieux.
Tout s'apprête, déja d'un hymen odieux
La pompe est commencée, et chacun fait entendre
Mille chants de triomphe.........

CLYTEMNESTRE.

                    Ah que viens-tu m'apprendre?
Que devenir?

EGISTE.

                    L'audace est mère des succès;
Le vainqueur des Troyens, enflé de ses progrès,
De ses tristes captifs voulant tarir les larmes,
Et détachant leurs fers qu'il a changés en armes,

Marche vers le palais sur un char triomphant ;
Mais dans l'obscure nuit à peine on s'y défend ;
Ordonnez moi de vaincre , et bientôt sa retraite
Publiera mon amour, ma gloire et sa défaite.

CLYTEMNESTRE.

Je me verrais ravir et mon trône et mon lit!
Non , osons détourner un sort qui m'avilit ,
Porte à la sœur d'Hector une mort légitime ,
Que Cassandre à l'instant expire ma victime ,
Et que la jalousie , aiguisant tous ses traits,
Eteigne de son cœur les désirs indiscrets ;
Mais épargne un cruel qui m'offense et me brave ,
C'est assez que mon Roi devienne mon esclave.
Pars, songe à respecter l'être que j'aimai.... cours
Ton bonheur dépendra du salut de ses jours.

SCENE IV.

CLYTEMNESTRE.

Voilà le précipice où m'a plongé le cœur !
J'ai rendu tyrannique un pouvoir légitime ,
J'ai fait céder les lois au charme séducteur
Du funeste penchant qui règne dans mon cœur.
Des autels et des Dieux redoutant les approches ,
D'un austère devoir j'étouffai les reproches;
Un fatal ascendant , par ses affreux effets,
M'arrache à l'innocence et m'enchaine aux forfaits.

SCENE V.

CLYTEMNESTRE, ELECTRE , EURINOME , plusieurs
Femmes de la Reine et de la Princesse.

ELECTRE.

De vos affreux débats venez voir les victimes ,
Vous dont l'ordre cruel autorise les crimes....

L'épouvante partout produit le désespoir,
On n · reconnait pla; ni respect, ni devoir,
Les ténébres, la nuit favori ent la rage ;
Les cris et la fureur annoncent le carnage.
Des cito ens mourans, des enfans, des vieillards,
Da s de · fleuves de sang noyés de toutes parts,
Sont pour la sœur d'Hélène un spectacle agréable.
Agamemnon résiste au nombre qui l'accable.
Mais venez secourir les lâches assassins,
On n'attend plus que vous pour hâter ses desins ;
Et pour vous décorer d'une immortelle gloire,
Allez, et de ses mains arrachez la victoire.
Que vois je !

SCÈNE VI.

AGAMEMNON mourant, porté par des soldats,
LES PRÉCÉDENS.

CLYTEMNESTRE.

Juste ciel !

AGAMEMNON.

Viens repaître tes yeux
Du trépas désiré d'un époux odieux.
Fais-toi com pter au rang des illustres perfides,
Il manquait dès long-temps une des Danaïdes,
Cours occuper sa place..... Ah ! tu leur fais horreur !
Si leur obéissance excuse leur noirceur,
Qui pourrait excuser ta fl mme et ton audace?
Est-il quelque forfait que le tien ne surpasse?
Tu voulais de mon sang couvrir tes attentats,
Tu voulais t'assurer Egiste et mes états,
M is déjà les terreurs, par tes crimes nourries,
Eclairent tes desseins au flambeau des Furies.

Impie! accomplis donc tes téméraires vœux.,...
Quoi! faut-il enhardir ton bras victorieux?....
Counais qu'il est un Dieu vengeur de l'innocence,
Qui des droits de l'hymen entreprend la vengeance
Contre les cruautés d'une épouse sans foi....
La nature déjà s'irrite contre toi....
La mort dans le tombeau n'enferme pas ma haine,
Je meurs par tes fureurs.... la vengeance est prochaine.
(On l'emporte.)

SCÈNE VII.

CLYTEMNESTRE, ELECTRE, EURINOME, suite.

ELECTRE.

Immolez donc la fille, osez à votre tour
Du plus pur de son sang signaler votre amour,
Cet amour criminel qui pénètre votre ame,
Fait de vos yeux en pleurs partir des traits de flamme,
C'est pour Egiste encor, que dans le fond du cœur,
De la mort d'un époux vous craignez le vengeur.

CLYTEMNESTRE.

Tu ne peux trop t'armer contre ma barbarie,
Ma fille, par ta voix, oui, c'est son sang qui crie.
Ma vie est un affront à la Divinité :
Jamais de plus d'horreur le destin irrité,
Ne lança le tonnerre avec tant de justice ;
Les Dieux sont outragés même par mon supplice.

SCÈNE VIII.

EGISTE et les PRÉCÉDENS.

CLYTEMNESTRE.

Et toi, monstre fatal, toi, témoin des remords
dont tes crimes me font éprouver les transports,

Approche , et de mon sein arrache avec ma vie
Le criminel amour dont elle fut noircie.

ÉGISTE.

Quand vos droits sont vengés, quand Cassandre n'est plus,
Voulez-vous rendre ici mes efforts superflus ?
Oreste se dispose à franchir la muraille ,
Paraissez , ou bientôt , en ordre de bataille....

CLYTEMNESTRE *avec fureur.*

Et mon époux ?

ÉGISTE.

Madame....

CLYTEMNESTRE.

Enfin , par ce forfait
Ton cœur ambitieux sera-t-il satisfait ?
Etends ta main , grands Dieux , lance sur moi ta foudre,
Embrase ce palais, et réduis-nous en poudre !
Le tonnerre ne peut se tromper entre nous.
Quiconque de nous deux périra sous ses coups ,
Il périra souillé des plus horribles crimes.
Sors, sors, noire Alecton , du creux de tes abîmes,
Clytemnestre a trahi sa pudeur et sa foi,
Parricide , adultère , elle est digne de toi....
Mais où suis-je ?.... que vois-je ?.... inhumaines déesses !
Pour qui préparez-vous ces torches vengeresses ?
De vos serpens affreux épargnez-moi l'horreur.
Le Styx a contre moi déchaîné sa fureur.
Je n'aperçois partout que tourment , que menace.
De plus en plus mon crime à mes yeux se retrace.
De mon devoir trahi les douleurs , les remords ,
Aux traits du désespoir ajoutent leurs transports....
Je vois Iphigénie interdite et tremblante ;
Ma fille, frémis-tu de voir ma main sanglante?...

Non , tu viens dans mes bras redemander le sang
Dont un père cruel fit épuiser ton flanc ,
Ou plutôt tu frémis de revoir un barbare
Qui te poursuit encor dans la nuit du Tartare.
Ma fille.... le voici.... fuyons , je l'aperçois.
La foudre gronde.... hélas ! j'expire cette fois ;
La force m'abandonne , et la fuite est fermée,
Dans une mer de sang je vais être abîmée ;
Le mien s'y réunit.... Quelle nouvelle horreur !...
Un monstre y prend naissance et me perce le cœur....
Ç'en est fait.

(Elle tombe dans les bras de ses femmes.)

EGISTE.

Vous , volez au secours de la Reine ,
A craindre Egiste enfin je cours forcer sa haine.

SCÈNE IXe. ET DERNIÈRE.

(Tandis qu'on se prépare à secourir Clytemnestre , et
qu'Egiste est près de sortir , Euribate , accompagné
d'une nombreuse escorte , et traînant la garde captive ,
lui coupe le chemin et le désarme.)

EURIBATE ET LES PRÉCÉDENS.

EURIBATE.

Des soldats d'un héros , ce temple environné ,
De lauriers triomphans Oreste couronné ,
Ces chaines qu'ont forgé sa vengeance et sa gloire,
N'annoncent que supplice et prouvent sa victoire.

(Montrant Clytemnestre et Egiste.)

Guerriers , qu'on les entraine , et que le fer vengeur
Epargne au moins ce crime à la main du vainqueur.

FIN DU CINQUIÈME ET DERNIER ACTE.